那么轻盈，不惊起谁

雾都蓉儿 著

群言出版社
QUNYAN PRESS
·北京·

图书在版编目（CIP）数据

那么轻盈，不惊起谁 / 雾都蓉儿著. -- 北京 : 群言出版社，2017.11

ISBN 978-7-5193-0361-7

Ⅰ. ①那… Ⅱ. ①雾… Ⅲ. ①诗集－中国－当代 Ⅳ. ①I227

中国版本图书馆CIP数据核字（2017）第292979号

责任编辑：潘　昊
封面设计：黄佳影

出版发行：群言出版社
地　　址：北京市东城区东厂胡同北巷1号（100006）
网　　址：www.qypublish.com（官网书城）
电子信箱：qunyancbs@126.com
联系电话：010-65267783　65263836
经　　销：全国新华书店

印　　刷：成都新千年印制有限公司
版　　次：2018年2月第1版　2018年2月第1次印刷
开　　本：880mm×1230mm　1/32
印　　张：6
字　　数：135千字
书　　号：ISBN 978-7-5193-0361-7
定　　价：28.00元

序言

她有一颗纯真的诗心

◎ 谭旭东

在八九年前，我就认识了李正蓉。她的网名叫雾都蓉儿，在重庆合川工作，写了很多诗，而且写得特别好。如果说，网络文学里有好诗的话，雾都蓉儿算一个顶尖级的。她的诗写得非常从容，写得很自然，语言不花哨，但情感流露真切，思想隐藏在意象里，因此读起来特别有味道，有的文字需要反复咀嚼，才能体会到诗里的美好和纯真。

最初认识李正蓉时，她的诗里更多的是人生事相，职场百态，自然山水，游踪感怀；后来的经历，使她的诗里多了一种真诚的爱，包括母性和童心，这些都天然流露，深切感人。当然，也使她的诗多了层层的意蕴，有了更多的解读空间。

李正蓉的诗集《那么轻盈，不惊起谁》，她写游历诗，尤其很会写爱情诗，而且她的爱情诗飘忽、多思，带着东方古典的意趣，用的是现代的修辞。读起来，每一首都回味绵绵，很有情境之美。

如《写到远方》：

风　吹在 / 另一边的 / 天空 // 那更空旷　更辽阔　更无涯 / 的地带 / 我把它 / 称作远方 // 折射出的 / 影子 / 那么熟悉 / 暂且用秋水 // 洗面 / 暂且让　天空 / 更空 / 更远 / 更炫 // 我找到 / 自己 / 找到你的 / 前世 / 缄默如秋水

这首爱情诗与北岛的《迷途》一诗有异曲同工之妙，不过，北岛的《迷途》里的寻找，最后找到一双深不可测的眼睛，但这首诗里，诗人最后找到了自己，找到了你的秋水，因此，《写到远方》里，写的不是爱的迷途，而是爱的寻找与收获。

《画雨》与《写到远方》在意象建构上有些相同，内涵也有相同之处，有寻找与抵达，但语言更加含蓄：

细雨　霏霏 / 风在旋转 / 花朵　树叶 / 手指 / 被淹没 / 被点燃 // 穿过 / 这条街 / 穿过 / 人世间 // 这场雨 / 才会抵达 / 命定的 / 虚无虚幻到无边

这首短诗也是一首爱情诗，诗里“雨”的意象，给读者朦胧和虚无的感觉，这是一种对爱的不确定性的表达，也是一种对失望心态的描绘。

《写秋》：

秋风中的人 / 眼睛里 / 飘出 / 几片树叶 // 拒绝 / 月光 / 小溪水 / 他说 / 那几瓣 / 桃花 / 还在春风里 // 他想 / 伸手 / 他喃喃自语 / 但说的不是 / 秋辞

这首爱情诗也写得朦胧飘忽，“桃花”是春风里的意象，但诗人用它来表达秋天的失落、秋天的惆怅，别具一格。

《你要等待》：

> **你要等待/一场雪的/覆盖//千帆过尽/我会像/一条鱼//从深水中/跃起/月是月光　花　绝非草/你一定要分清楚/我满身的/彩鳞/鱼目　且带　珠光**

这首爱情诗用的是倾诉式的语气，也带着一点心灵独白的意味。诗里有虔诚的心，有渴望，有追求，有美好的想象。

《秋天，渐深渐凉》：

> **冷/风/中//谁/举起刀/劈下了/泪//时间的/枯叶/坠落　坠落/坠落在/亲爱的亲的发梢**

这首爱情诗的形式很有意思，第一节，一个字一行，但读到第二节，就发现这种排行是很有意味的，诗里的情感和外部形式高度对应，且满是诗人的心性和想象。诗的最后很有力量，爱的势能到了极点，浓烈如秋，让读者心灵震撼。

一般诗人都会写爱情诗，因为诗人都有爱情，都会对爱敏感，心中都有爱，但写爱情诗其实很难，它需要三方面的素养和质地：一是对爱的敏感与虔诚，这是爱情诗的情感底色，也是所有诗的底色；二是诗人的语言水平，爱如何去表达是一种艺术，只有有语言创造力的诗人，才会把爱情写得朦胧、美好，又不乏生命的灵气；三是爱情诗里也有生命内涵和生命质量，不然，就会显得轻浮。我觉得李正蓉的爱情诗里，这三方面的素养和质地都有，而且还很丰富、很丰沛。

李正蓉对我说，她为了写好西藏，专门去了一趟西藏，诗集中的第一辑，基本上都是她游历西藏时写出来的。可见她是一个认真的诗人，很重视自己的体验。没有体验，不写诗，这也是我们常说的诗要来自生活，文学以生活为源泉的一种认识。虽然，并不是每一位诗人都先有体验，才有诗，但这种认识论是有道理的。至少，体验可以丰富诗人的看法与理解，加深诗人对外部世界的理解。

李正蓉写了不少很优秀也比较深邃的游历诗和风物诗，还写了一些生活哲思诗，这些特能看出她作为平常人的本质。

如《写字》，这首诗可以帮助读者理解李正蓉的写作驱动力，认识她的写作质量：

没有那三分　绿色菜地 / 只有纸　我可以写字 // 写楷体　仿宋体　颜体　瘦金体 / 洁白的纸　书写不费力气 / 偏旁是手　可以采摘菜花 / 妈妈说的拼音和字母 / 人间的话题　老套又而不落俗 // 你爱过的人　一生都不会忘记 / 你写过的字　一半在生长　一半在流失

这首诗非常好，其实就是诗人的自喻，也是诗人对写作的理解。写字如同爱一个人，怎么写，怎么爱，最后如何，每个人理解不一样，做得也不一样，享受过程和得到的结果自然也不一样。写字是诗人生活的一种方式，她选择了，认真体验过，她一定有美妙的收获，我相信。

《闺密》是一首完全意义上的生活诗，可以让读者了解她作为女性诗人的一面：

在蓝山咖啡厅二楼 / 坐下来　打电话约你 / 出来　陪我 / 聊聊孩子　天气　聊聊 / 春天剩下来的花瓣　两个 / 无话不谈的人　聊什么都是允许 // 合身的裙子　时髦的发型 / 很轻松的诉说与嬉闹 / 像少女时代　我们坐着吃糖果 // 一直都没有变　笑靥 / 如紫色玉兰　打开话题 / 像阳光一样拥挤　远方的海岸 / 楼下大妈的粗嗓门 / 我们生长在一个繁荣时代 / 享受咖啡　玩着微信或者游戏 // 后来你起身　后来 / 你接了电话离开

李正蓉的诗的最高品格是她的诗里有童心，也有孩子；她是一位诗人，还是一位有爱的妈妈。如《星星》：

星星是不会陨落的　他只是 / 把自己隐藏到深处　他只是 / 欠了个身　让你 / 看不出那些　暗记　手语 / 标示着阳光的图案与　山脉 / 他只是在另一个星球　他只是 / 笑了又沉下　像个调皮的孩子

这首诗里，星星是孩子，孩子是星星，但诗里还有诗人自己的影子，她就是一颗星星，不会陨落的诗的星星，一个爱笑，爱打量星球，也对世界好奇的孩子。

诗集里的第四辑《写给一个名叫小丁丁的男孩》，都是写给孩子的，充满母性的温柔和爱，是成年人世界对童心世界的呵护和敬意，是内心被童心点亮后的文字，是纯美的、纯真的诗。

因为篇幅，不可能对整本诗集进行细细解读，还是留给读者去体会吧。无疑，李正蓉（雾都蓉儿）的诗值得慢慢品味。我很喜欢她的诗，也希望读者喜欢她的诗。对这样的诗偏爱是值得的。

2017年8月写于北京

自序

写诗，是心灵的约谈

八月，花开是诗，雨落是诗，秋水茫茫，摇曳风姿，更是诗。这是一个诗的季节。

我们生活的时代也从来不缺诗。

当你走在夕阳下，也许你不曾注意到此刻的夕阳，是太阳拼命照耀你回家的路途，让你抖落一天的疲惫，它是如此温馨；当你推开家门，那一天中最后的光芒还要给你扮个鬼脸，把你送到家人手上，难道说这不是一幅美丽的画卷与诗篇？

当我们面对人生每一个场景，都如同面对一个真实的自己，与自己相处，与心灵私语。外观物，内省心，写诗就是与灵魂的对白与约谈。

但我从没有想过，要把自己多年来写的句子，以诗歌的形式呈现在大家面前。我是一个笨拙的人，也是一个没有诗意的人。生活非常普通，上班，买菜，生病……面对人生许多的无奈，偶尔发呆，无人可以倾诉，更何况我是一个不善言辞的人，只有默默记录生活的点滴，时间长了，记录成为习惯。

写成为生活不可或缺的一部分。

细数这些年来，因为对文字的偏好，尤其诗歌，还有一段伤感的往事。

几年前，一次重大的伤害，耳朵不能听，听到一点点声音就疼，又不能走路，只能躺在床上，无聊之际，叫家人找些侦探小说这类的书来读。

因为我是被抢劫打成重伤，昏迷过去，一周才完全清醒，至今没有破案，幼稚到自己想去破案。凭借回忆，想把受伤过程写出来，就开始动笔，一写就写成了诗，哈哈，好奇葩，怎么会用诗歌的形式来记录一次重大的抢劫案呢？

但事实就是这样，以后我就开始了长达十多年的漫漫写诗生涯。

为此，我办了一个纯文学的“钓鱼城文学”网站，以雾都蓉儿的网名写诗并管理网站一切事宜。

为了写西藏，我深入藏区，去实地体会那一种纯朴的民风，体会他们以各种各样的方式诠释那颗虔诚的心。

所以，大家看起来短短的几行句子，也是要有真实感受才能让文字生辉的，从来不是轻易可得。

时间煮雨，匆匆而有诗意！然而，当我去新华书店，想去买一本时下诗人的诗集，找了个遍，失望离开。

我们这个时代不差诗人，也不差好诗，为何书店没有或少有这类书卖呢？

原因可能是多方面的。在此不做论述，我只是希望有人来填补这个空白，来满足读者的需要，满足我们这个时代的需要。我也愿做些努力，把这些年心底那些美好的或困惑的，以清醒的文字呈现出来，一个念头非常单纯，因为我是一个非常单纯的人，充满真情。

目录

第一辑　游历篇

第二辑　我们应该相亲相爱

第三辑　那么轻盈，不惊起谁

第四辑　写给一个名叫小丁丁的男孩

附录

第一辑　游历篇

东渡古街

烟雨中　那些旧房子　旧在那里
老城墙　老在那里
长长的街道　青石板　苔藓
民宅陈旧不堪　院落空空荡荡
不喧哗　不声张

静静陪伴　我
一个陌生的来访者　走走停停
用手机　拍照　发微博

宋时遗风　清朝旧貌　全都
彰显在　这些残存的一砖半瓦中
仿佛古老的传说　被忽略

被遗忘　没有谁来维护　没有谁
再搬迁到这里　他们遗留下
这些老房子　到繁华的都市去了

到遥远的他乡去了　剩下这条
长街　寂寥的　残山剩水　如烟似梦
仿佛突来的风雨　仿佛风雨中突现的老人
问　冷吗　要雨伞吗　我怵得
不知作答

在东渡古街上徘徊

古街若梦　在雨中不必醒来
不必聆听　花旦　小生
声声清唱　金戈铁马　古钓鱼城下

不必遥想　当年　几许繁华
所有黑　所有幻象
手指与牙齿　我的长裙子
都不必穿过这些厚实的风

它们沉静如此　古稀如风　如岁月
它们在阳光下不必睁开眼睛
它们在水里不必发出声音
它们老如　石头上的细纹

西藏梦

西藏，一个神奇的地方。到那里，把心放逐，像一头藏獒在高原狂奔，那种感觉远不是离世的自由，而是什么呢？

好比平日上班
从桥的这头走到那头
像鸟儿从一棵树跳到另一棵树
重庆到拉萨的距离
不过如此

请允许我这样穿越

以水的洁白　山的庄重
以一个异乡人所有的惊喜
我就这样来
神奇的拉萨

我要去西藏

一条牛仔裤　一部旧相机　一些
零碎的药品和心情　将把我
带向远方　在城市
还没苏醒之前　星星
闪动着微光
我将起身

我要去西藏

为了　佛光照耀的雪域之巅
为了岁月那端
“住进布达拉宫　我是雪域最大的王
流浪在拉萨街头　我是世间最美的情郎”

生命的河流缓缓流淌　遥远的呼喊声
隔风传来　仿佛我的灵魂
接近云霄　接近

那高过天空的土地和寺庙

磕一路长头

我来啦　西藏

布达拉宫

在风中传唱　一生所能触摸到的
至尊与至高
布达拉宫　世界上海拔最高的宫殿
耸立　仿佛桀骜不驯的藏族汉子

摇动经幡　我
仰望　经书　佛像　壁画
几千年前　几千年后
炫目的宫殿渲染着遥远的传说
固执而完美的存在

一直就在

走遍拉萨

以西藏的慢　行走
怀揣无比惊异而虔诚的心
在大昭寺　在八角街

慢悠悠　懒洋洋　坐在大昭寺门前
望向八角街上熙熙攘攘的人流
谁的脸庞像我一样满怀慈悲
谁的行囊如我一样装满往生

一花一世界　一叶一菩提
高原如此神奇　拉萨如此莫测
松赞干布　娶了文成公主
让她走了一年两个月零四天

眼泪流成倒淌河　化作日月山
修大昭寺　建布达拉宫
这雪域高原　这伸手可触的白云蓝天

你还承载了些什么

是什么叫我如此迷惑
又如此念念不忘

拉萨，我遥望远方

远山　层层白雪覆盖
仿佛你是那雪中的一朵或两朵
雪莲　让我回眸且陷入　成群的牦牛
不绝的草原　可听到我的诉说

一列火车有足够的理由挣脱
也有足够的理由颠覆

任凭牛羊吸干我的河流
只为听到仓央嘉措的情歌
请为我深情传颂

纳木错

纳木错为藏语，满语和蒙古语称腾格里海，是世界海拔最高的湖泊，中国第二大咸水湖，传说念青唐古拉山与纳木错相亲相爱。

你从天而降　我拔地而起
纳木错　纳木错
我生在你的南边为念青唐古拉
睡在你的北侧是草原藏北
站在你面前的我胜过扎西贝

不为密宗要法　不为转湖朝圣
霞光闪烁　我手拿念珠　涉过千万里
只为那疏朗的蓝天下
纯净的水波　深邃迷人的一汪蓝

我放下弓箭只身骑着白马前来
我要认领我的小牛　纳木错

我要带他到藏北草原　纳木错

今生我已化作人形
走在人间　走在你面前　纳木错
在那道艳丽的彩虹中我纵情高歌
纳木错

林芝，南伊沟

一直做着荒诞不经的梦在路上
一直想抵达那梦中的境地在路上
一直行动　挣扎　跋涉在路上

以一条蛇的姿势抵达水草丰美的故居
八一镇　南伊沟　是的
一切仿如梦中镜像　天空出奇的蓝
叫不出名字的花儿出奇的鲜艳
因为远离尘世　森林　河流　每一株小草
都足以让你用半天时间傻笑

我试图和每一丝不曾被污染的空气相认
和每一缕阳光拥抱
记录下那些树影　说出它们的名字

然而我总是徒劳无益　它们
就那样自信地活着　在南伊沟
在珞巴人的自言自语里

最后的纳木错

秋风乍起 鹰在天上
啄浮云 我不在

南伊沟 不在苍凉高远的唐古拉
所有涵盖爱与信仰的地方 假设
我都不在 会不会
有炊烟升起 一日三餐中
世界忘记衰老

游戏的孩子发出怪笑
将石子投入纳木错的心脏

纳木错 晚风习习
圈住天光云影
时间光润 貌似未种植裂纹
我怎能不虔诚合掌

追着风
默诵段段经文

嘘！别吱声

在念青唐古拉山与喜马拉雅山之间有一个高原峡谷，住着粗犷豪放的珞巴族人，我有幸进入他们的居所，喜见他们的民族服饰——毡靴。

别说话　别发出声响　我折断了
那声叹息　还撕碎了忽然的
几声咳嗽　布衣老者生起了柴火
他要煮岁月

院门总是开着　他不扫落叶
不挑水　长木椅　四方桌子
随意摆放　上上下下
与青石地板上错落有致的落叶
缝补成一小块人间

十七弯十八拐的　山路
洒脱深山　汉唐风流吧

遥遥往事　莽莽苍苍的野林子

我来我去　或生或死

都别吱声

只把我的毡靴放回前世

再见了，西藏，拉萨

一片树叶掉落脚边
嵌着云的魔影
多么茫然

我坐在八角街尽头
大昭寺前涌入虔诚膜拜的人流
整个街道淹没在佛光里
而又被各种阴郁或愉悦的眼神所吞噬

一一打点我的背影与脚印
收敛指痕与泪光
高原上的格桑花啊　赛过江南风光的南伊沟
仿佛我从不曾来过　仿佛也一直不会离去

目送过往的行人　仿佛目送自己飞扬在风中的
魂灵　难道一生就为了这样一次告别
蓄谋已久的叛逃与向往无数次的神秘之帮

火一般热烈　水一样柔情的拉萨城　为何你此刻
如布达拉宫似的固执与寂静

一个人走了　另一个人走来　谁留下了
千百年的情歌　千百年的泪痕
千百年的佛眼看着高原　好像
看穿　并未看穿　红尘或是高原

剑 门 关

当寒风刺穿模糊的背影
我丢了快马三千
只得驾祥云而来
七十二峰　峰峰如剑
那个等我的人在哪一个峰峦

我不是来看风景的
我想念那睡在绝壁上的美人
你何时醒来

战争已经结束
蜀道上的阳光再次吹开一团团山花
在我们曾经定居的山洞边
如此娇艳

剑门蜀道

走了几千年的不是三国战马
江湖中的豪杰
是我不醒的梦在蜀道的风中
来回奔跑

谁来与我且醉且饮
再舞峭壁上的阴阳神剑
反弹琵琶唱声声慢
留下千年的足迹
与你的影子重叠
唤醒三生　旧爱

夜宿剑门

夜色冰凉　如泪滴
穿过手指
山　就在四周
伸手却不可及

如此肃穆静默
风声响过　莽崖峭壁
似当年横戈勒马　滚木礌石

今夜的今夜　你在哪里
怎还我以迷蒙的雾
编织成花的锁链
捆于石门柏下
再中诸葛妙计

第二辑　我们应该相亲相爱

野蛮的夜晚

一点点冷　一点点凉
一丝丝寒意　砸向
窗台　砸碎
前世今生

飞沙走石　演绎
所有残忍

我会　轻轻咬住
黑夜　那恍惚
不能劈开的山河

春　天

别那么张扬
刷朋友圈　微博

我们　出去
看桃花　拍几张小照
深呼吸　浅笑

原野的青草　有蔓延的欲望

幻　象

梦　是眩晕的
我不认得自己　任由树叶
如刀片

割破　我的　夜晚

像向日葵一样睡去

我希望　在星星没出来之前
像向日葵一样

睡去　让夜风撞击乌云
蝙蝠飞来飞去

我待在梦中　南山放马
刀枪入库

烤雪鱼

厨房里那些香料中　你取了
蒜泥　姜泥　花椒粉　味精和食盐
有一天　有一个午夜　月亮很圆
你烤了　一条雪鱼

在桂花树下　我们一人
半杯红酒　半条鱼
说了半句话　就在那一刹那
白色的桂花掉落一地　我只
看了一眼　雪鱼和桂花

去内蒙古吧

去过很多地方　比如云南　海南　西藏
在某一片叶子上　我们写下
某某和某某到此一游　几多欢颜　睡在
泥堆上　唱歌或做梦都无比美妙　最后

我们商定　从北京到内蒙古
就落在那里了吧　生一大堆儿女
蓝天白云下　喂养成群的牛羊　幻想
马背上的生活比都市童话　坐飞机
不如　当牛做马

再写到黑

白到了极限就是黑　黑色的黑
夜到了深处就是深夜　半醉半疯
花开的声音穿透骨髓

我呼喊你　摇曳你
我的黑睡莲　黑玫瑰　黑狗狗
黑色爱人和珍珠

我仍然清醒　仍然
听着那首老歌　忘记了
时光密码　忘记了我画过你的
黑胡须

酒　鬼

总是要喝醉　总是要倒在
河边的坝坝茶馆
打电话不接　发微信不回

你说　你要酒醒了
风停了　茶凉了　才回家　才知道
原来　下过了一场雨　有人在雨中
拿走了你的手机　你的外套

钱夹　车钥匙　家的方位
你一无所有　你不知道
谁比谁更焦急　是一场秋风
还是弯弯月牙

落 花

真的回不去了　那朵落花
像中年发胖的身体
回不到儿时的衣衫
无邪的心灵犹如传说
找不到纯粹的路径　落花
找不到　母树的根

时光摧毁了这些
像折断我们的微笑

是的　世界上很多东西
都在磨损　消退

我能说什么呢
在啤酒屋喝干了十瓶啤酒
头　痛得要命　下雨了

雨水是天空的眼泪　我的眼泪去向不明
暴雨如注的街头　谁的背影无端消失

三 角 梅

院子里的三角梅花怎么就掉下来了
满地都是　红红的　一朵朵紧挨着
像是不愿意分开的小姐妹

那么美　那么艳　怎么能
刹那间绽放　燃烧　就到了尽头

一朵朵将它们收集起来　放到
树根下　零落成泥　变换为水　为蝶　为云霞
下一个花季或许会绽裂出原来的样子

黄昏那么黄　我的手指满是花香
风吹起长裙　吹起远山的落叶与沙尘

天空有阴霾

我是个好动分子　如果不是特别原因
一定是个到处乱窜的人
可今天　我老老实实待在家里
不写诗　不赏花　也没有一件一件　试新衣

买菜　炒菜　看电视　跟家庭主妇似的
我　多乖啊

真的　很多时候　我都这样
乖乖地　写写诗　读读书　看一会微博

可是为什么　你还是离开了呢
风吹向远方　风也没想明白

一个早晨

醒来　这世界就像新的一样
草香　花香　弥漫在空气中　我无法
不张开嘴唇　深呼吸

水在霞光里流淌　蓝天白云
变幻着姿势
这是我生活的城市
为了讨生计　我曾离开这里

像一片片树叶　风带走它们
又将它们送回

不安的夜

会有停下来的时候吗
白日的喧嚣与张狂

我要招摇过市
呈现我的红衣衫与高跟鞋

谁将我装扮得像个淑女
玫瑰或郁金香似的芳香　惺惺作态

小妖精　小心肝　小机灵
但从来没人唤我小美人

夜色那么深　我的鱼和鸟都安静下来
不安静的手指
或醉着或醒着　那双眼睛
狠狠地瞪着

暗

这是黑暗的暗　灰暗的暗　阴暗的暗
像太阳退到云层　像你
拉得长长的脸　山峰背后的冷
像我闭上眼睛　感觉到时光的灰烬

飞鸟缄默
那扇门紧紧关闭
死胡同　断崖边　水流到了尽头

谁，在下一个时刻发疯

无时无刻
我都充满了邪恶与贪婪
不止一次想飞到天上把月亮和太阳
占为己有
不止一次想让人间变成废墟

我深知自己狂躁到不让一朵花
散发香气
雨水失去灵魂
天哪　我是怎么冲进了大海
安安静静　抱一朵浪花沉了下去

蝴 蝶 梦

在我还没有变成蝴蝶之前
用两条腿行走
不说话　将一朵轻云拿在手上

那时　你走在我前面
或是左边　右侧
在一条河流前　停下来

你说河水是浑浊的　你说
爱像河水　那么
浑浊

这时　有一只蝴蝶
满眼泪花

蝴 蝶 令

嗨　小蝴蝶　你是闻到　我身上的香气
飞来的吧　刚好停在肩头
刚好　我们眉目对视

你多美呀　江南所有的花朵
都只能作为陪衬　小心翼翼地绽放
只有蝴蝶可以穿越

雨中　去街上转转

蒙蒙雨　蒙蒙雾
风儿　蒙蒙笑

别电话不断
要来就从雨中来

别撑油纸伞
我受不了如此哀怨

别说话
雨都说出来了　风都吼出来了

弯弯睫毛都画出来了
穿越烟雨人间

文峰街

合川　文峰街　很古朴的样子
街上有古老的白塔和三棵老榕树
它们见证了岁月

而我呢　像个野孩子　斜挎旧相机
横冲直撞　很没修养的样子

镇静不能自若　原因是我在找寻
那个头戴斗笠　身披蓑衣
像一个传说中的草民　我的前世

快乐星期天

宝贝我
要在涪江边放风筝
要吃冰激凌跟烤肉串

金沙碛的阳光好灿烂
我的风筝要飞到最高
我的长发也要飘得漂亮

我这样子大叫　你微微笑
微微笑

甜　蜜

阳光照过来　照过来　我在文峰街上
街道窄小　从而显得拥挤
老人和小孩子　他们在街上漫步
我在街上喝甘蔗汁

很甜又很新鲜　我暂且称作
甜蜜

照　片

你说这条街好古雅　要我给你拍张照片
我拍了　你嚷嚷我没提醒你注意摆姿势

我说　注意了啊　我拍了哦
于是　你笑容可掬　你姿态端庄

还是这样笑

我们在酸辣粉店里　我听到你接电话
你说和蓉儿在逛文峰街

这有什么奇怪吗　前世注定了
你是我碗里的酸辣粉　我不过
放了些　麻辣酱

散　步

在江边散步
江边
风　垂柳　垂钓的人

我明明感觉到了
一条狗　追着雨水
我追着

那条狗　身后的风

美 人 鱼

剧场：这是一段很久以前的故事，一段很久以前的爱情。风风雨雨，所有的片段从来没有在我的脑海中消逝。

我要住海边　早上听海唱唱歌
大上午回来
听你唱唱歌　亲
我喜欢海风把头发弄得乱乱的
嘎嘎　这样子好有范

海边房子里　穿堂风跑来跑去
我不喜欢它们学我任性的样子
掀动窗帘　摇摇摆摆

我喜欢阳光一遍一遍照耀
好让我看到你的大脚板
很白　很美

仿佛前世　我们就生活在这里
你捞鱼　摸虾　我摘菜　采香蕉
天空好蓝好蓝　我在香蕉树下
戏说　要死就死在你怀里　来世
变香蕉　变鱼虾
屁颠屁颠跟随你

涨潮了　一个少年在海边的沙滩上找着什么
我不敢问　我怕一说出口
你就不记得我了　海的女儿　变成泡泡
她放弃了声音和舌头　放弃了海
她来了　穿过那些沙子让你看见
她的眼泪像珍珠

你们走了　离开了海　离开了
沙滩和香蕉地
我独自在海边的房子里　窗帘
飘来飘去　阳光照来照去
我独自买菜做饭　打扫房间
独自跑到海边　闷闷的
原来日子可以这么漫长

原来我不笑时　表情这么严肃

童话到了最后　按游戏设置
海妖跳出来　发指令
让我做梦　不分白天黑夜
用贝壳　绿松石　红色花瓣
搭建一间小房子　修一个小窗子
我可以望到闪烁的星星
外星人和小矮人

多少个无星无月的夜晚　沧海桑田
生死轮回　才等到程序更新
玫瑰绽裂　你来了
骑白马　骑竹马　欢天喜地
“拉钩上吊　一百年不许变”

我又被逗得大笑

或是我在夜里

月亮在夜里　或是我
在夜里　熟睡的人
挣脱了所有

忧伤　隔开河流
一切都变得平静　月亮
穿过我　熟睡的人穿过
梦境

推门而入吧　前世和今生
你们握手言欢　让月亮更圆些
让我　穿过河流　穿过
这些　黑

雨

或许　我可以等一会
听完这场雨的轻诉
也可以坐在雨中　左一滴右一滴
任其打痛每一根肋骨

每一场雨水中　都有一些
花瓣或树叶掉落
有一些故事延伸　或情节消减
转身的人总是想改变些什么
哪怕咧嘴傻笑

画古镇

青石板　青苔　石磨
有篱笆的院子开满丝瓜花
竹椅空着　老人正望向我

我寄养的山泉绕过微风　我穿布鞋
我把它们安排在夕阳下

写　字

没有那三分　绿色菜地
只有纸　我可以写字

写楷体　仿宋体　颜体　瘦金体
洁白的纸　书写不费力气
偏旁是手　可以采摘菜花
妈妈说的拼音和字母
人间的话题　老套又而不落俗

你爱过的人　一生都不会忘记
你写过的字　一半在生长　一半在流失

闰 六 月

闰六月　气温四十度
我的影子比太阳坚硬　我扯着

一把一把的风　还有你的手指
纵容　倦意滋生

为什么是闰六月

不明白闰月的算法　不明白
重复的月份称之为　闰
为什么不是闰一年或闰一生

闰　暗示了怎样的阴阳学说和命理
而掀起鸟鸣

花开半朵

别以为
我一定要说出　一定
要捧起
那剔透的一颗或几颗
沙砾

我就是　这么一个
荒谬的女子　允许花开半朵
衣着怪异　笑与不笑都显得诡秘

油菜花　在村庄闹腾　青草
高过山崖　在李家坝的
秧田　我要安置风声

我们应该相亲相爱

我住草房　穿草鞋　用一株草
当令箭　嘿嘿
我不像草那样沉默
但像草那样　微笑

我在合川

相　约

凌晨四点　我醒了
我要去河边捞鱼　我看到蓝色星星
和蓝色天空　想到梦中情景
一定要等到那条小鲤鱼游过来

一定要等到　小狐狸
她住在文峰塔下　金沙碛畔

前世

那里有座山叫瑞映山　有很多树
和弯弯小路　你总是坐在
光影尽头　我分明看清了你　看清
山雾　松果　钓鱼城

古城门外　啸声四起
你手握宝剑　好英武的俊美男

梦

风吹来的时候花影摇动　树叶摇动
山上有些微凉　你用凤冠霞帔裹住我
你讲甲骨与战史　你讲
在杨柳街上　有一个女子
背着她丈夫的大孩子

那些桃花　因为刀光剑影
缩回到江边　烟波浩渺
渡口　空无一人

今　生

街上车水马龙　你除了写些童话小诗
还要空出一只手来牵我
穿过久长街　穿过跳坝坝舞的广场
一脸笑意　满心疼爱

白玉兰　开了又开
像你笑起来的脸庞　温柔迷人

那个夜晚

雨一直下　一直下　加上闪电
我站在交通街路口等你　手里拿着雨伞
已到后半夜　我坐在街边
路灯照耀到我脸上的疲惫和泪花

你突然出现在面前　双手捧着一只小鸡
说是在路边捡到的　那么轻柔　那个夜
那么温暖

最美的诺言

你在三月　说要
去钓鱼城　骑马　看桃花
妩媚桃花　笑得醉人　谙世事　懂人生
得意　须尽欢

像我穿上金夫人婚纱
洁白无伤　龙洞沱下　照镜涵波
茫茫江水　无涯

我们的小孩

我叫他星星　心心　小小的
紫色月亮照着他像绸缎一样的脸蛋
他在梦中　表情同样丰富
我洗衣做饭　你去瑞映山那边的奶场买牛奶

原来日子可以这样简单　原来我也
可以这样平凡　任大雁在金沙上落足　嬉戏
啼鸣声声　像亲爱的小孩叫唤妈咪

情　殇

荷叶突然枯萎　我的黑色长发
被风卷起　涪江的潮水
撞击小南门码头　我找寻了数十只
停靠在岸边的渔船　空荡荡的旷野

天空没有晚霞　脸色苍白焦躁
空气中有离散的味道　无边暮色

后　来

我把黑发染成绿丝　我把
所有的好天气都哭痛了　眼泪
掉进金沙碛　三江汇聚
我跳进去　跳进野茫茫的江水

放弃行走的自由　放弃书写
与怀念　在水里化成泡沫　任浪打
任风吹　任你怎样　都看不出　我曾
流过泪

离　别

常常　我走在熟悉的街道
与熟悉的人点头　然后
又消逝于街的尽头　两手空空　仿佛
失去了什么　仿佛很陌生

在咖啡厅坐下来　看着窗外的玫瑰
鲜艳夺目　仿佛是你的眼睛在深情凝视
其实　是阳光的手指在抚摸我脸庞
是窗外的风在私语

这座城市是空的　这座城市的风刺骨的凉
我抓不到你的手　抓不到你的衣角
每一个走近的脚步仿佛是你　每一个
远去的背影仿佛是你　每一点风声中
都回荡着你的呼喊

你离开了　离开很久了　久到

我都计算不出是前世还是今生　但是
从来世以来　我都一直以为　你是我一个人的
你的呼吸与睡眠　你的黑发与胡须　是上天专为
我打造　哪怕燃烧为火　为灰烬

我去重庆了

重庆
爬坡上坎的　烈日
灼痛脚趾　牙齿
以及身体的其他部位

昏沉沉　走过一条旧街道
相遇一个旧人
我都喊不出他的名字

你不在身边　不再给我买冰激凌
去火锅店也没有人把我不喜欢的蒜泥
端开

停车格外的难　买个包和衣服都要几千
我在人群里　在繁华的第四条街

错　过

错过一片树叶
它像光　夕阳一样斜长的光
就那样坠落水面

我努力回忆那片树叶嫩绿的样子
努力回忆我们交谈过什么
你写来的信我读了又读

其实　我们给予彼此的很少
比如在夕阳下对望　梳理
及腰的长发　用一分钟的时间说话

甚至煮一杯茶　扮一张鬼脸来取悦
炎热的夏日　让星光落在那一双手上
那一片树叶　可以绿很久

我可以站在那里　不用否定

微　信

拿在手上的机　叫手机
玩手机　已成为平常事
它像清晨　打开了
许多道门　我们走进去

沉迷于各种下载　点开 QQ 或微信
找到你　说出
一颗心皈依于一些图形或表情

电　话

一串数字　必须记住的联络暗号
好像掀开五音魔盒
耳朵里满是你的笑声　海浪声

人潮后退　那些山脉与地理
河流与城市　以及你
画了一遍又一遍的影子

站在风里　阳光里　一伸手
仿佛可以握住　轻柔的回音

剩下一首诗

我如此安静　这是你希望的
你曾经说　我叽叽喳喳的说话声
像哗啦啦的流水

要我长成植物的模样　像植物
一样静默　在四季中
开花　结子　优雅地枯萎

阳光散落　星星散落　月亮散落
时间碎裂满地　也不允许清扫

任它们散落吧　碎裂吧
只要那首诗剩在那里　那株植物
长在那里

错误的　一粒沙

我只是附着在你指尖的一粒沙
干涸而细微　比石头坚硬　比阳光
执拗

不善于说谎　不善于让发烫的文字
灼伤你的唇　你的肌肤　让钢铁裂变

我听到一分为二的声音　仿佛山崩地裂
仿佛一场战争　我从一块晶莹的玉
转化为你指尖上那碎裂的一颗

如泪　如雪　如一个生僻
字　如深夜
你突然想起　失踪的人

阳　光

我深陷其中　一片片阳光把我包裹起来
我的粉色的花蕊　我叫荷　我的芬芳的往事
在密密荡漾的水波中　嬉戏

让我指认迷人的香气与文字　低于
云朵的时间之水

任阳光照耀　倾其一生

行　走

我的笔尖把一些文字戳穿了
我在一张纸上　仔仔细细的缝补
从北向西　用那些我在夜里收集的星光
做盘缠　行走在字里行间

将一条河流通向千里之外
将一个影子缩小成一只蚂蚁
将一行诗写成一个人的名字　最后
将我自己写成虚无　安放于纸背

下雨的早上

西米　外面下雨了
很大
我看着窗外　喊

再跑到水池边　那些鱼
正游在水面　它们有窒息感　饥饿感
外面空气新鲜　我来喂养
时光中的鱼群　我在雨中

在你惊讶的表情中
占据着
这样一个早晨

安于平淡

蓉儿　我上班去了
你这样与我道别

多少年来　都是这些
平淡的言辞　简短的话语
填补　时间的空白

如花园中的枝枝叶叶
有序延伸　茂盛有力

下　雨

隔着这世界
我在
雨中

你在哪里
穿过去　是一条小街
过了这条小街　还有一个巷子

将会有谁
等着
撑开花布伞

思念　不需用力

此刻　正是黄昏　城市
灯火辉煌　在那些喧嚣外
在所有人的归途中
莫名的想到一个人的姓氏

脸色有些许忧郁苍白
双唇微闭
骑自行车　穿过城市

满脸的小胡须
像我写乱了的文字　我说不用修剪
长胡须的男人耐看

你便留着　留着　很长的样子
笑起来　我只看到你的白牙齿

我要熄灭了

那一点　一点的星光
在风中
要熄灭了　那朵莲
要闭上双眼
在沙漠中
那些时光
要远走他乡

我要回到海洋
重新变回
虾兵蟹将
变回鱼类　不再有
人的思维
人的形体和言语

我将像鱼一样
游向未知　像海枯
像石烂
虚弱地
喘息

桃花朵朵开

你说
一定要在山腰
盖一间
草房

我应了

你又说
一定要栽
两株桃树

我笑了

于是在四月
桃之夭夭
亲亲

一树一树的桃枝
伸向天空

桃花一瓣瓣
一瓣瓣
在风中舞

我将桃花的香气涂满四肢
如此芬芳美艳
如初出的晨光

我咬桃花的手指
她说痛　我吻桃花的唇
有一种迷幻的香

我写下盟约而又逃离
我画出远山而又说出背叛

醉于桃花
又挥剑斩断了去路

“星期八”

我相信　你一定会在“星期八”
到来　穿过长长的青石
神秘的第七感

告诉我　巧克力　果酱　蜂蜜
我们　坐在古街上　当一个
养蜂人　酿造甜甜的果酱
而我也喜欢吃巧克力
穿唐装　扮鬼脸

相信第七感　相信
甲骨和占卜　向东向西
都走不到危险的
断壁与残垣　因为
你总是为我祷告
你总说这条古街
有神灵护佑　笑一笑　摇一摇

第七感告诉我　走到
“星期八”　白发转青
我依然那么美艳
日复一日　年复一年
我们从未离开
遥远的大海　袅袅炊烟　宝贝乖

我相信

九月是丰硕的
有红苹果　紫葡萄
成堆的稻谷和归来的爱情
是的　我相信
你隔风的呼喊　不绝于耳

如雷霆掀动秋水
惊心的　小路上
清脆的鸟鸣伴着树叶
击掌鸣唱

我不得不高举酒杯　追问
灵魂最终的归址

黄 昏

当我写到“灰暗”这个词
就临近黄昏　太阳闪耀出
最后的光芒

黄昏　一天中最温馨的时刻
脚步匆匆　奔赴在回家的路途
穿过长江大桥　穿过车辆和人流

我看到了向日葵
在夕阳下招手　看到
你的微笑　在风中飞扬

快节奏的生活　还此刻以安宁祥和
继续我们温柔的夜与美梦　挥挥手
向喧嚣　别过

天空有多空

天有多空　这巷子就有多空　仿若心
仿若你离去后的痛　没有回声
只剩下苍凉窄小古老的青石小巷

我不知如何才能穿过　不知如何才能
喊出　让回声荡漾　身影荡漾
那一段时光　像阳光
照耀下的水波纹一样　重新闪烁

无法还原的设置　无法返回的程序
也无法转换角度来缩短那些
空空荡荡的路口　仿若命运

夜 晚

夜晚是一面镜　高悬于空中
我看到星星的光　看到你的背影
以及更细微的声音　滑入

我坐在声音里

夜晚呈现

月光灰白　月光下的浅草中
蝈蝈鸣唱　风追着树叶　有什么
被咬碎　被撕裂　被挫伤
坍塌下来的雨水　静静的夜

半杯酒都喝完了　虚弱的酒杯和月光
我不喜欢狡黠的眼神　沉默得让人窒息
我不喜欢茉莉的香味　修剪得
整整齐齐的树冠和胡须

月光在我唇边　月光呈现出白色

失　眠

如果我去睡了　夜晚将不是夜晚
我不在夜里　肯定不在这世界
柠檬没有香味　楼道没有猫的叫声

风中的沙粒也不会飞起　黑色的夜空
星星不再像一颗颗碎金

梦

在夜里走得太久　影子就变短了
头比脚大　眼圈发黑　失眠的鱼
不在水里　我也不在

那一朵浪花里

虚妄夜

已是深夜　感谢上苍
让我在此时还没有入睡
让我写出　深夜
这个词

等于写出白日的彩霞
写出金石　美玉
一条刚刚出眠的蚕
一个完整的幻影
如此　惬意

黑色丝绸包裹着天际
灵魂在星光下
在微醺的风中

月光流淌过举起的酒盏
一饮而尽的人就着黑色的夜
笑起来

我还是要写到夜中景象

我怕黑　但我每天都被　黑
卷进去　卷到半空
悬挂着　我看不见自己
像是被黑夜的风捆绑着

我是一个无法脱身的人

不敢挣扎　不敢呼救
我看到夜的尸骨　在夜的歧路上
我看到那些坟地　有影子晃动
有人用鸟羽　写出我的姓氏

跌跌撞撞　我明白
我从梦里醒来了

晚上

下午　下过一场雨　夜
变得有些凉　我一个人　坐着
有些孤单　像老鼠
待在它窄窄的洞口　把
偷来的粮食摊开

我　摊开　密密麻麻的
文字　在灯光的照耀下　有
一点点惊恐　一点点迷惘

越来越深的夜　越来
越凉的风　谁
在耳边吼叫　冲到
街上去　冲到街上去
披头散发　光着脚丫　我
不是疯了　只是感觉
一点点孤寂　一点点郁闷

来一瓶威士忌　或许
就能看到他
眼睛里的光芒　如同
我记忆中的
月光　如同秋水
那般闪耀

黑　夜

黑夜很黑
它没有阴影
我可以在黑夜安眠
也可以在黑夜等待

安静成树　成草
成鱼睡觉的样子

不长叶　不开花
不游动　无奢求　只是
以静默的姿势　和你
额头相碰触

是梦幻吗

静下来的　不是夜
等在那里的　也不是时间
那只是一颗星星　一丁点闪亮

那只是一份孤独　只是
我的眼　我的心
放着那份执念

淡淡思　淡淡想
淡淡地触摸　那是夜的香

我坐火车呢

我闭上眼睛时　芙蓉花开得正好
火车在云雾间奔跑　火车将你
带到远方

入秋　渐寒渐凉　手指冷冰冰地
行走在风中　突然想起多年前
我说　如果死　就死在你怀里

现在你走了　没有人
肯抱着我的尸体　由热变凉
没有人因为我的离开哭天抹泪
好　那就不死了吧　活下来
种桑养蚕

让火车从身旁经过　像回忆
咒语　梵音　像石头
重返人间　像一滴雨水　严守秘密

黑夜中的文字

如此安静　这个夜晚　我只听到
鱼　游动的声音

我身体里的几尾鱼
相互碰撞　仿佛要撕碎我的灵魂

而我的肉身
躲到哪儿去了　那么多雨水　都找不到

我是否活着　是否在夜里
有呼吸　黑夜中的文字
是否会点燃　我的手指　牙齿
连同咬我的蚊子

树梢像一个人的手

树梢　伸向秋天
仿佛我张开的手指
吻痕与刀痕

遥远的天空
毛毛雨　蒙蒙雾
仿佛伸手就可以
抓到的灰烬

那么迷离　那么
清冷　那么高远　那么
美　像噘起来的小嘴
贴上去　说　我爱
云层中的眼睛　枝丫上的
风铃子

如果爱

这人间有很多人
他们匆匆赶赴凌晨
唯独你留在夜晚　我想

安安静静地躺在月亮下
我想听我们的爱咯咯笑
我想你责备夜的妖娆　我还在想

不许取下香精　这人间的夜
有你就够了

是谁在夜里

植物是安静的　似乎它们
并没有飞到我窗外
一些异样的香味来路不明

这些文字来路不明
我不在夜里　不在你的意识之中

你也不应与我道晚安
我是个不安的人

如果相见

我想坐飞机来看你
因为不知你的模样是不是与我
想象中的一致　书卷味　温柔的笑
叫喊我的名字时声音很轻

我们可以坐一个下午不说话
只是拉着手盯住对方的眼睛

三两句的软语轻言

秋风吹来时你一定要看我的眼睛
我眼睛里有花朵树叶
那些树叶绿了很久　我发呆了很久
树叶不认识我　你也一样

不认识　手臂上长出的藤条
那几朵花　三两句的软语轻言
让我听到来自植物内心的告白
灼伤树叶的边缘　在秋天
呈不规则的锯齿状　像异乡的月亮
像我喊你时　声带中有沙哑腔调

我们相爱很久　又分离很久　思念
如轻轻吹起的秋风　呈金黄色
有芬芳的味道　我伸手抓到的影子
有你的盟誓与笑靥　身体中
特有的气息
弯曲缠绕　像河流　像远山　像你笔下的诗句
美妙如一只蜗牛爬过洒满阳光的篱墙

领　悟

垂柳　弯月亮
有星星落下来
视频聊天就
中断了

无法抵达的远方　像
被拦截的电话　我也
找不到破解的密码

让你闯入
并接入 WLAN（无线局域网）

早　晨

我去花园　那些鱼正在围观
睡莲　粉色的

那些鱼　如此大胆　是我宠幸所致
而睡莲也开得那么放肆　我有些不安
这鬼天气

傻　子

涪江的水很清　我在岸边行走
你也知道　两岸都是渔船

两岸都有人　借散步　遛狗
我很想上一条船　刻下暗记
让小蚂蚁　带你
从另一个洞口　溜走

或者感悟

空气燥热　无法营造
一串词语
一些章节
被省略

没有相似的花朵突兀地开
没有相似的两条鱼同时游来

压抑的嘴唇不得以任何形式张开
呼喊　一再委曲求全　让一个事件
驱动于另一个事件　让一个借口去说服
另一个借口

我们取消约定时间
享受谎言带来的快感　揭穿生活的伤疤
需要勇气　比如来一场闪电
让天空振奋起来　比如我们握手
或者拥抱

写到远方

风　吹在
另一边的
天空

那更空旷　更辽阔　更无涯
的地带
我把它
称作远方

折射出的
影子
那么熟悉
暂且用秋水

洗面
暂且让　天空
更空

更远

更炫

我找到

自己

找到你的

前世

缄默如秋水

画　雨

细雨　霏霏
风在旋转
花朵　树叶
手指
被淹没
被点燃

穿过
这条街
穿过
人世间

这场雨
才会抵达
命定的
虚无虚幻到无边

写　秋

秋风中的人
眼睛里
飘出
几片树叶

拒绝
月光
小溪水
他说
那几瓣
桃花
还在春风里

他想
伸手
他喃喃自语
但说的不是
秋辞

你要等待

你要等待
一场雪的
覆盖

千帆过尽
我会像
一条鱼

从深水中
跃起
月是月光　花　绝非草
你一定要分清楚
我满身的
彩鳞
鱼目　且带　珠光

秋天，渐深渐凉

冷
风
中

谁
举起刀
劈下了
泪

时间的
枯叶
坠落　坠落
坠落在
亲爱的亲的发梢

闺　密

在蓝山咖啡厅二楼
坐下来　打电话约你
出来　陪我
聊聊孩子　天气　聊聊
春天剩下来的花瓣　两个
无话不谈的人　聊什么都允许

合身的裙子　时髦的发型
很轻松的诉说与嬉闹
像少女时代　我们坐着吃糖果

一直都没有变　笑靥
如紫色玉兰　打开话题
像阳光一样拥挤　远方的海岸
楼下大妈的粗嗓门
我们生长在一个繁荣时代
享受咖啡　玩着微信或者游戏

后来你起身　后来

你接了电话离开

星　星

星星是不会陨落的　他只是
把自己隐藏到深处　他只是
欠了个身　让你
看不出那些　暗记　手语
标示着阳光的图案与　山脉
他只是在另一个星球　他只是
笑了又沉下　像个调皮的孩子

画　秋

我把秋天笑黄了　叶子
水果　黄瓜和黄豆
我的棉布裙子上　落满星星的光

长　大

我偷偷把眼泪当成星星藏进晚霞
河水很清　坐游艇去河对面
妈妈等在那里　那一年
夏天慢吞吞地走来　花开的季节好长

秋　词

渐入秋季是什么感觉
树叶渐黄　水渐凉
像杯中茶水极慢极缓
一阵风过
花开花落　金黄色的银杏叶
沙沙作响

等待的依然等待　可能的依然
可能　像葡萄酸甜微涩
渐入秋季
远山稍远　河流绕过了云霞
我惊觉秋天树叶的迷离
长长的夕照

第三辑　那么轻盈，不惊起谁

那么轻盈，不惊起谁

1

一个冬天

一片雪花

两三支蜡梅

如此繁华　因为冷

因为你

触摸到纯真的香味

2

雨夜走失的人

请顺着风的方向

辨认我留下的暗记

在尘埃中醒来

牵起

我的左手　你的右臂

3

时光依然不知转向
我的眸子
轻易就被刺伤

小女人　小笨蛋
世俗如月光
把街道一遍遍打扫
你说吧　谁要归来

4

我相信等待　相信誓言
相信一切我该相信的
否定一切我认为必将否定的

请勿举屠刀
请勿筑高墙　请原谅
我流泪了

5

你不在今夜的雪地
也不在明晨吟诵的诗句中

但指间漏掉的红豆依旧饱满　倘若你

高烧不退　乱语纷纷
请喊我
喊到声嘶力竭

6
如此苍白的枯叶
却有
如此美丽的坠落

坠落成往昔或回忆
弯曲成时光的倒影　因为
太热爱　太多泪水

慢慢松开
腐烂　再狠狠地烂

7
我走到哪里就冷到哪里
月光和星光轮番撕咬
我的兰草和玫瑰被偷吃了一大半

即便虚构了春色
我也不繁华不妖媚
惨淡的面容难以描摹

一朵花　突然
变得憔悴

8

你让我爱
我就十分爱
摆弄好每一片花瓣

还摘些云彩
马蹄声近　我打开某个段落的
入口　你
还来不来

9

仿佛低头目睹了一场杀戮
我羞于木然　倍感疼痛
其实是我自己

固执的认定　这些海浪
不够凶猛　所有的道具不够怪异
涂抹的台词不够陡峭

10
我在　时光不老
离开时
留下满地月光

你闯江湖　走古道
请带上这些银两
买马　招兵　修栈道

11
我的野玫瑰　小心肝
要是你
嫌我不够热烈　不够好

我就带着唐朝的江山
和易安居士的遗风
找你

以梦幻的方式吻你
亲亲的亲你

12
时间不对
地点不对
风吹的方向貌似不对

但开了一朵好美的花
阿紫说　那么轻盈
不惊起谁

13
忘我　非我
绝世而立
忽略了零点十分的空白

折叠我全部的思维
也把你折叠进不远的行期
暴风雨　我在路上　颠沛流离

14

我必得看清真相

轻易跨越

时光里的淡漠与疏离

像回到十七岁

放肆的写信给妈妈

我哭了　我想家　我要穿花裙子

15

只是如今

微笑带过

悲伤或脆弱的情节让它隐匿

撕裂的　都无声息

比如爱　比如来路不明的痛

比如我坐在你面前那具安静的肉身

16

一遍遍地问

问到你说要放下电话

问到最后你无言以对

其实　够了

我好感激　苍茫人世

你给予的誓言那么美　还重如磐石

17

我不爱出门

很孤单　爱发呆

不知如何逃离

如何站到阳光下

吼吼

让你知道　我的心　有没有折痕

18

红尘际遇

知你就在遥远的地方

我无力前往

害怕触摸

木桥上的回眸浅笑

如水　如月　如刀

19

远方

一个极尽悲苦的词

含笑研墨

一笔笔挥洒江南烟云

挂天际　隐隐的是

你的身躯　留一丝浅笑在纸背

20

海洋的岛屿你已远离

只剩下海浪与海浪的撞击

我纵身跃入

噤声匍匐　以安静的人泪化为海水

遥想曾以笑声盟誓

而今　所有恩宠辗转无迹

你叩盘欢歌　我鹑衣百结　捡拾荒野

红尘烟雨

我只能如此陈述

雎鸠　少女　在水之湄

21

一直不敢举杯　我怕碰出更多泪滴
雨水　一遍遍下过来　我呆坐
楼上　打算放弃结义的秋风
远离去

22

秋天说到就到　凉到骨髓
不想拿秋风说事　可秋风一个劲地
吹　刮痛我的后背

23

绿茵茵的叶片　让我想到青春年少时
眼睛里的光泽　和露水　不忍心目睹

秋风中的文字
如刀　割伤它们来时的路径

24

河水站在那里　远山也站在那里
我不知道　我该不该

站在那里　发发呆　哼哼哼

25

谁来喂养我眼睛里的那几尾鱼

谁了解它们　喜欢水声

像我喜欢　秋后

安安静静的泥土　酒杯

26

像新衣服　穿过了　就放置在衣橱

更时尚的款式　更新鲜的感觉　潮流才是美

我坐飞机　来找你

27

找不到你　我也一样换着花样游玩

这世界　多姿多彩　河水流向远方

远方好比　新衣服和新游戏

28

其实　也没啥啊　我喝惯了威士忌
不喜欢红酒　海浪的声音好听　因为

我喜欢海浪　我喜欢新鲜刺激　其他　无所谓

29

你恨恨地说　我坏坏的　坏坏的
说到爱　说到爱情　说到遇见　玫瑰花的香气

阳光照耀的沙滩　我把自己埋在那里　找死

30

即便我死　你都不解恨
原来　我从来都不把自己当回事

把别人当另一回事　我们来了又去　满世界游戏

31

沙尘轻轻的　我学会了轻轻地说　慢慢地说
点朱砂的女子住在江边　而她更喜欢海

汹涌澎湃　浪涛卷起　翻来滚去

32

我冷　给我拿件厚衣服来

今天我关手机　与世隔离

要找我的　坐飞机来　骑竹马来

不准坐电梯来

33

躲猫猫游戏　一点不好玩

这人间安装了那么多摄像头　躲得过今天

还躲得过人海

34

有一行文字　是谁用心读过

描摹过　那时的天空很阴郁

谁默默目送　渐行渐远的

背影　山与水隔了万万重

才幡然醒悟

35

花开在枝条上　谁也阻挠不了
我希望它们长出翅膀
飞到云霄　不要掉进泥土

重温旧梦　不要揭穿伤疤　那样
很痛　很惶恐

36

我从没想过要离开　即或半个时辰　我也要守着你
手机图库全是你各个时期的照片　我舍不得删

我看到这些影像也会哈哈大笑　车灯亮了　急冲过来
我还抱着手机　清醒地微笑　没有丝毫绝望

37

夜已半　如若尘嚣未将你磨灭
我亦染尽笔墨　度你

若诗若画若骨　待来世
还认得　那颗朱砂痣

38

有人说　鱼的记忆只有七秒

七秒之后便不记得了

而我呢　记忆只有六秒

转身便忘

你是谁　我是谁

红尘　天涯　陌路

39

阳光　落下来　刚刚好

落在我的画板上　像极了

你的笑模样

40

如果要将泪水与酒一同饮下

为什么　不将毒药

渗入

泪里　酒里　血液里……

41

石头

剪刀

布

一程山

一程水

有悲欢　艰涩与困窘

我出石头　你会不会出

布

42

真的　我只是路过而已　江南里的西湖

疲乏到绝望　我明白　有些疼痛

不会像火车　一闪而过

43

提起来的春天　桃花都成了毒药

44

我冷血　我没心

像空气没有影子

我是石头　没有喜乐　衰老
死

45
有鹰飞起　最美的那条鱼
游向深水
告诉你　我死过一回
现在活着
看清了自己仍然是个小人

46
爱情过于现实
我只能在诗的切口　涂些颜色
如果你看到了　别漠然转身

47
夜很凉　我想它再凉一些
闭上眼睛　抚摸那些黑
黑色的肌肤和裂纹　那些
你说过或没说过的

我将一一告别

48

我用写诗的时间　为你烤鱼
醉虾　洗衣服　擦地板
放弃山河与文字

坐在老山坡上　吹西北风
步行十里　穿过文峰街
喝茶　醉酒　K 歌　淋着雨回家
逝水东流　日已到夕暮
亲爱的　我还能为你做些什么

第四辑　写给一个名叫小丁丁的男孩

我 来 了

这世界太光亮　我来了
都睁不开眼　只好哇哇大叫

三个月　我会游泳
坐竹背篓

一岁时　我上街骑儿童车
奶奶叫我宝贝　妈妈叫我小珍珠
爸爸叫我小丁丁

乖

我要吃饭
要长得又高又帅还可爱

我要听小蜗牛讲故事
听小花猫唱
儿歌　画一朵白云飘上天

彩色童年

像花朵　香香的　那么娇艳
像云彩　瞬时变幻　一会风　一会雨

脑子里时不时冒出一些古怪问题
上月球　入东海　突然大喊

我要烤一条雪鱼

小丁丁摔玩具

爱摔就摔吧
玩具是用来玩的
不想玩了　放那儿有啥意思

不如摔了　摔
也是一种玩

小丁丁穿拖鞋

一点都不搞笑　小孩子
穿双大拖鞋　跑起来利索吗
还滑滑梯　跟扔玩具似的

摔个大跟头　哭笑不得的
是那双大拖鞋

小丁丁笑

秋水　金鱼　阳光
摇来晃去　白鸽子
咕咕　咕咕　叫个不停

小丁丁喂养它们　我扮鬼脸　藏猫猫
小丁丁哈哈大笑

小丁丁过冬天

他太小　小到不知春夏秋冬
不知道说冷　说下雨　说宝贝我要
穿厚衣服

他只知道用凉凉的小手碰我的眼睫毛
于是　我告诉他“冬天　有雪花”

小丁丁　如果你愿意

雪　会开花　漫天遍野　开出一朵朵
晶莹剔透的花　让小丁丁
对着雪花欢呼

小宝贝　如果你愿意
别说一朵雪花　这世界的每块石头
我都　准许开花

我想　小丁丁了

秋后有些凉　我担心
他睡觉蹬被子　凉了他的小肚子
我担心他一个人玩游戏　最后
被游戏玩了

他才一岁半呢　一岁半的
小男孩　确定不了天高地厚
念 123456 后　就念 89　爸爸妈妈
哥哥姐姐　他像背唐诗一样重复地吼

然后大笑　像一朵向日葵那样笑
像一只小花猫那样笑　太阳出来
他眯起眼睛　睡了　也在笑

小丁丁　想我吗

带你到公园玩碰碰车　划小船
用奶瓶喂金色小鱼　到儿童乐园玩滑梯
这些　都是小丁丁的最爱

世界在他眼里　是善　是爱　是花朵
是跳来跳去的乒乓球　神奇的魔术弹
哗啦啦变成夜空的彩虹　哇　我猜猜

小丁丁一边嘟嘴一边想　啦啦啦
怎么还不带我坐出租车呢　买一大堆
零食和遥控飞机
看快乐的灯笼花　摇啊摇

小丁丁　我来啦

不穿山穿水　只需穿过一座桥　一条街
到宝龙城市广场　小丁丁　我穿过了草坪
和枫树林　在秋天　很优雅的哦

像你的格子T恤　我的粉色衣衫
我喊宝贝　你答应　嗯
我喊小珍珠　你笑而不语

小丁丁　最爱什么

最爱吃葡萄　最爱跳坝坝舞
最爱扮酷　最爱我跷起大拇指夸他棒
最爱和我比谁跳得高　最爱叫鱼儿为鱼摆摆

这个世界　在他眼里　那么鲜亮
那么陌生神奇　像露珠刚刚睁大眼睛
所有人都爱他　正如他爱所有人

小丁丁，小珍珠

我把你举过头顶　宝贝
我紧紧地抱住你　看云儿唱
风儿笑

这辈子　就这样
抱着你　摸摸你的小手　亲亲你的小脸
你不长大　我不变老

风吹向远方　晨光照亮我们的屋顶
熊大熊二陪你闹　我陪你唱
“宝贝　宝贝　时间的手一挥
你是永远的珍贵”

附录

雾都蓉儿诗集《那么轻盈，不惊起谁》选读

◎ 唐　凯

好诗歌不是读出作者的平面心态，而是心境；纯净的心境，再去映照我们（读者）自己的心态。刨除大主题不谈，好诗歌贵在短小精致。写长了就显得神神道道了，从而破坏掉了灵性的呈现。

很幸运常常能收到诗人还没有交付印刷的书稿，读这样的书稿，感觉和读现成的诗集是不一样的。它存在着作者与读者之间别样的信任与珍惜。雾都蓉儿曾是个漂亮活泼的重庆妹子，也是我多年的论坛好友。是一场几乎致命的生活劫难让她成了废人，也几乎毁掉了她的全部心境和精神。那时，2007 年—2010 年，她创办了“钓鱼城文学”诗歌论坛，也一直在帮助打理我们的由鲁荒先生创立的“大地诗刊”论坛。那时候她的诗歌充满了愤怒和悲情，所以“一般人不敢惹她”——是不敢或无法涉入她那“莫名”的又极度“黑暗”的世界。

如今十年过去，读到她发来的书稿，我不知道她经历了怎样的挣扎与阵痛，而蜕变成一个文采照人的诗人。或许别人的生活对于我们来说，永远停滞于呈现的平面，像湖光山色一样轻灵的

镜子，而永远不知道下面的暗涛涌动。“过去了就好”，这似乎永远是我们唯一能够对其说的。那么全新的文本感受，又不得不让我再度回首那个封面背后曾经被摧毁的不幸的年轻女性。

都说能给人带来思考的诗歌才是好诗歌，而在我看来，关键是你——那个读诗歌的人，首先得爱思考，这样才能充分进入作者的内心世界，并接替他（她）去完成下一场只属于读者自身的心灵之旅。

剑门关

当寒风刺穿模糊的背影
我丢了快马三千
只得驾祥云而来
七十二峰　峰峰如剑
那个等我的人在哪一个峰峦

我不是来看风景的
我想念那睡在绝壁上的美人
你何时醒来

战争已经结束
蜀道上的阳光再次吹开一团团山花

在我们曾经定居的山洞边

如此娇艳

【点评欣赏】意象大开大合，视角和手法都相当独特。面对像剑门关这样的历史人文遗存，文人的追溯很容易落入俗套，最常见的是滥用大词，空洞对空抒情，而读后却发现跟作者本人的人生无半点关系，也感悟不出个子丑寅卯来，这是汉诗写作的通病。

雾都蓉儿的视角非常独特有趣，她是空降的，然后顺着山体的层峦结构和意识流动落到实物上，接通了地气。诗歌从形态入手，最后却脱离了形态，带出许多别样的唯美感受。这样的写法值得欣赏，也令热衷于诗歌评论的人觉得很耐人寻味。

可以用别开生面这样的词来形容这首诗的构成和完成，整体有一定难度系数，完成度非常不错。这么个老生常谈的题目，写出新感觉来是很不容易的。这是本文评论的首篇，先点个赞。

烤雪鱼

厨房里那些香料中　你取了

蒜泥　姜泥　花椒粉　味精和食盐

有一天　有一个午夜　月亮很圆

你烤了　一条雪鱼

在桂花树下　我们一人
半杯红酒　半条鱼
说了半句话　就在那一刹那
白色的桂花掉落一地　我只
看了一眼　雪鱼和桂花

【点评欣赏】诗歌的意象使用若恰到好处，是很容易让人着迷的。让我特别流连和享受的是它的隐喻人称和桂花雪鱼。诗歌中的“你”“我”，是不是就是全都特指诗人自己呢？答案是：既是你，也是我，你与我被彻底意象融合，让诗歌显得特别耐人寻味。雪鱼和桂花也是，月亮也是，甚至包括蒜泥、姜泥、花椒粉、味精和食盐，都是“你”“我”这个主体意象的生命元素。这样去读诗，诗就不仅仅是诗了。这也是现代语境汉诗的独特魅力。

最后来说“烤”，你就更懂了……

如果只理解诗歌的平面，可不可以呢？当然可以，说成是对另一个人的真实倾诉也行。但是那样，就有些寡淡了。从诗人有意掌控意象的形态来看，这不是一般的平面感受。

诗歌最初带给我们的是阅读，而最终带给我们的也是阅读。但这前后两个阅读是不一样的。

三角梅

院子里的三角梅花怎么就掉下来了
满地都是　红红的　一朵朵紧挨着
像是不愿意分开的小姐妹

那么美　那么艳　怎么能
刹那间绽放　燃烧　就到了尽头

一朵朵将它们收集起来　放到
树根下　零落成泥　变换为水　为蝶　为云霞
下一个花季或许会绽裂出原来的样子

黄昏那么黄　我的手指满是花香
风吹起长裙　吹起远山的落叶与沙尘

【点评欣赏】好多花属都有边开边谢的特性，娇嫩的花瓣刚刚盛开就掉到地上了，直接化作春泥，让人好生爱怜可惜。这些过早凋零的美丽和生命始终没能逃过最后一劫——诗歌。

那么它的隐喻就不难理解，常用来描述与此切合对应的人生境况。

诗人的情感介入简单质朴，没有什么特别的，美就美在她表达的诗句上。这种切进自然，与纯物质融合的情愫恰好完成了诗人内心纯粹的交接，像滤过杂质的救赎，带来别样的洗却铅华的灵魂体验。

蝴蝶梦

在我还没有变成蝴蝶之前
用两条腿行走
不说话　将一朵轻云拿在手上

那时　你走在我前面
或是左边　右侧
在一条河流前　停下来

你说河水是浑浊的　你说
爱像河水　那么
浑浊

这时　有一只蝴蝶
满眼泪花

【点评欣赏】唯美主义在这首诗歌里占尽了上风，尽管主旨上是在道尽相亲相爱的艰辛。最后两行的结局句很难不让人喜欢。这是一次人生情感经历上的悲剧，却成就了一首完美无瑕的情感小诗。真的就是这样，不管人文发展到什么时代，最后拯救或毁灭诗人的，都是诗人骨子里特有的苦难情怀。

这首诗的结尾写得出其不意，构思精湛，凄美而又令人动容。这真是最让人伤感无语的蝴蝶梦。

文峰街

合川　文峰街　很古朴的样子
街上有古老的白塔和三棵老榕树
它们见证了岁月

而我呢　像个野孩子　斜挎旧相机
横冲直撞　很没修养的样子

镇静不能自若　原因是我在找寻
那个头戴斗笠　身披蓑衣
像一个传说中的草民　我的前世

【点评欣赏】形态，叙述，进入诗歌；感念，回首，形成意象冲突；最后道出我与这个环境不搭边甚至有些叛逆的成因居然是……

你说，是永远存在于古朴的意象里做个古朴的意象好，还是试图做回那个放浪不羁的自由少年好呢？

这么短小的诗歌，呈现了这么深刻的命题思索，不得不钦佩诗人的思维方式和写作功底。

回到念想的由头，生活在英雄城市里的居民永远以英雄的子民慎行自居，生活在北大荒里的居民至今还在感觉自己像个逃荒的……环境造人，也容易固化人生。而“不安分”的居民（诗人）却不是这样的，他们不想被固有的环境所束缚，始终向往着或假想着“别处一定有别样的天地”，潜意识里总想去尝试不一样的环境与人生。这实质上是在呈现人的追索本能和解放天性。回到这首诗歌，诗人认为“本来的人生形态”应该就是风流倜傥、无所约束、畅享自由的样子，它也从一个侧面反映了现实说教对乌托邦理想的制约和束缚。

或是我在夜里

月亮在夜里　或是我
在夜里　熟睡的人
挣脱了所有

忧伤　隔开河流

一切都变得平静　月亮
穿过我　熟睡的人穿过
梦境

推门而入吧　前世和今生
你们握手言欢　让月亮更圆些
让我　穿过河流　穿过
这些　黑

【点评欣赏】穿越吧兄弟——这是一首逃逸体诗歌。人是宇宙的产物，对空间游走的诉求是与生俱来的本能。不管给你的空间环境多么广阔，他（她）迟早都会发现自己仍被束缚。是个什么鬼东西，是暗物质吗？或许是对的。它是我们一生都道不尽的“黑”。这样的在灵魂宇宙里不懈的探索永远是烧脑的，也是最令人着迷的。

回到小情调、小资，尽管人生如流水，一逝不返，但好多纠结难结的结形成了梗，生成了人生过往中一时难以释怀的桎梏与羁绊。积聚太多的时候就需要释放或者说“放下”，而排解和放下的方式就是求助于诗歌。这些文字每一个长得都像幽灵。诗歌最后的放手方式仍然显得有些无奈，但它却是我们所能做到的最好方式。因为我们不可能撬动固有的宇宙，再为谁重新建立个秩序。

人有时会觉得自己聪明，说不定恰恰就是笨拙；人有时表现的笨拙，而恰恰是一种聪明。也就是说，对与错只是个对应词，永远无法确定其真实界线，如果一味追求，人就会活得很累。蓉儿的诗歌写得好，无论哪首，用心写作抑或只是信手涂鸦，都会让读者浮想联翩。

我去重庆了

重庆
爬坡上坎的　烈日
灼痛脚趾　牙齿
以及身体的其他部位

昏沉沉　走过一条旧街道
相遇一个旧人
我都喊不出他的名字

你不在身边　不再给我买冰激凌
去火锅店也没有人把我不喜欢的蒜泥
端开

停车格外的难　买个包和衣服都要几千
我在人群里　在繁华的第四条街

【点评欣赏】这是一首很鲜艳又很意外的口语诗，依然很独特。

说鲜艳是指语句的布局，是先从烫脚丫子的灼热的古旧街道上说起的；说意外是点评了好几首，都是中规中矩的传统抒情诗，居然来了一首纯纯的口语诗（说不定后面还会意外惊喜）。

说独特吧——全中国人都在感同身受！那就是，我们曾经多年赖以生存的贴身环境，它正变得越来越陌生！到底是哪里出了状况?

诗歌没有给出答案，留有余地的聪明诗歌只会专注于感受，并且收于感受。给你个开放大结局，自己琢磨去。

然后这首诗就燃了，炸得内心深处稀碎。我不喜欢的是第三节，这小女人的、软弱的、矫情的腔调……再一想，可以呀，总不能把美女诗人都逼成生硬的女汉子吧?

它带给我们的思考就是——浮华，正在步步蚕食吞噬我们的安居情怀，它让我们迷失，也让我们无所适从。

好诗歌一起感受，重要的是，找到我们与之共鸣的感受，就省得我们自己动笔写诗了。

傻 子

涪江的水很清　我在岸边行走

你也知道　两岸都是渔船

两岸都有人　借散步　遛狗

我很想上一条船　刻下暗记

让小蚂蚁　带你

从另一个洞口　溜走

【点评欣赏】结尾亮了，就是这样的感觉。前面的铺陈出人意料的淡定，美美的，还不动声色，你甚至无法猜测诗人到底要写些什么，悄然的笔风让人很享受。你甚至可以这样一直读到第四行……就剩下最后两行了。

就是这最后两行，弄得人百转千回，五味杂陈。

惊艳的感受就是，你我眼中本已习惯了的风景与环境，并非诗人的真实所想。这个结局非常意外，这个“溜走”是意识的“溜走”，是悄然的，不动声色的穿越或者逃逸。这是要去向哪里呢？当然，并非往生，而是试图摆脱一种积郁。

如果意识也是物质的，有质量的，那么潜心的文字就是承载着这些负重送向空无。尽管排解并非真正的解脱，但确实能帮助我们放下黏人的羁绊。

那么轻盈，不惊起谁（节选）（分节欣赏）

时间不对

地点不对
风吹的方向貌似不对

但开了一朵好美的花
阿紫说　那么轻盈
不惊起谁

【点评欣赏】当你第一次睁开尘世的眼睛，也许你会发现与这个世道格格不入，似乎生的不是时候。这也是大多数人苦恼的根源。作者沉静下来，冷眼观察自己这朵另类之花……

自尊、自重、自爱，这首诗给你完好的呈现。事实上，生活正是因为有了这样的感触而尽显丰富之美。没有人认知吗？不，至少还有她——阿紫，人生没有绝对的孤独，有一两个真正的知音足矣，这样的心空天地都会更加纯净。淡淡的语境呈现了隐藏背后的难以言表的坚韧与顽强，让人看到了一次诗歌的真正绽放。

一直不敢举杯　我怕碰出更多泪滴
雨水　一遍遍下过来　我呆坐
楼上　打算放弃结义的秋风
远离去

【点评欣赏】意象切合完美无瑕，紧凑而又精致，貌似幽怨的语境实际上呈现出飘逸的人物性情。人可以久坐不动，但思绪（思维）不能，它隐含了诗人能够避开困扰离开伤痕。诗行很短，看似是个组诗的节点，实际上是一首很完整独立的篇章，如同上首点评的，这一节最大的看点是它突出又独立的意境，非常美好。

谁来喂养我眼睛里的那几尾鱼
谁了解它们　喜欢水声

像我喜欢　秋后
安安静静的泥土　酒杯

【点评欣赏】同样是在切合与切换意象，鱼尾纹，这才是诗人所要表达的，暗合一种脱离青春或者不再年轻，那么，有没有人老珠黄的叹喟呢？

没有，只是抚过青春，谁还会知我心……我喜欢水声，就是动，律动，流动……直到现在，随着芳华流逝，又让我喜欢上了秋后安安静静的泥土和酒杯。

这首组诗叫作“那么轻盈，不惊起谁”，它的核心就是爱以及自爱，历尽过往记述自己怎样将伤痛抚平。珍爱自己，从少年直至迟暮，这才是唯一，才是重点。组诗的铺陈大开大合，又相对意境收拢，让我们感受到莫大的阅读享受。

躲猫猫游戏　一点不好玩

这人间安装了那么多摄像头　躲得过今天

还躲得过人海

【点评欣赏】这人世，光凭借“上帝之眼”(自律)是不够的，但是那么多摄像头，又仿佛让我们觉得活得失去了尊严，事实也真是如此。摄像头像幽灵之眼，直逼我们的隐私与灵魂深处。这样的自由给每个人带来了耻辱，但又是这个世界(社会)不得已而为之。

诗人戏称这种境况为躲猫猫，但又深刻指出所谓监控只是一纸笑谈。

诗歌的结尾堪为亮点，那种隐藏的躲过实际上道出了不尽的隐忍和辛酸。这诗歌足以引起诗歌语境内的讨论，但是作者只是轻轻一放，告诉你这并非一时心境，而是一种状态、一种人生体验的常态。

花开在枝条上　谁也阻挠不了

我希望它们长出翅膀

飞到云霄　不要掉进泥土

重温旧梦　不要揭穿伤疤　那样

很痛　很惶恐

【点评欣赏】想要飞逝，不想要回首，回首处尽是伤痛、疼痛、惶恐。诗歌借助花开枝头的意象就这么轻松展开，纯纯的语境，读起来好美。你看，面对苦闷和伤，诗人们有一万种排解方式。这些方式不是使他们陷于更深的困顿，而是更加助其前行。

我从没想过要离开　即或半个时辰　我也要守着你
手机图库全是你各个时期的照片　我舍不得删

我看到这些影像也会哈哈大笑　车灯亮了　急冲过来
我还抱着手机　清醒地微笑　没有丝毫绝望

【点评欣赏】这一节写出了绝唱，字面诡异又悬疑，起伏跌宕，给人以别样的感受。

诗歌里的“你”是个大V，可以是指第二人称那个光荣又荣幸的你，也可退守文本内核，指诗人自己。然后我们从“我从没想过要离开”展开，直接跳到“车灯亮了　急冲过来　我……没有丝毫绝望”结束。这样的突兀思维有助于我们感受生命的天启与极致的升华。它实际上是在彰显意志和精神的无畏。

这是带着启示录和血腥的构思，很大胆，也很有创意。事实上正因为诗人亲历过这样的生死零距离，以至于如今竟带着几分洒脱完成了意象描述。真的是以生命写诗，换取诗。

有没有看到在文字深处的挣扎？我相信你已经把它深刻读懂。成功的诗，每一行都是行走的灵魂，每一个字都是与你嬉戏的精灵。

小丁丁过冬天

他太小　小到不知春夏秋冬
不知道说冷　说下雨　说宝贝我要
穿厚衣服

他只知道用凉凉的小手碰我的眼睫毛
于是　我告诉他“冬天　有雪花”

【点评欣赏】诗人历尽劫难，用十年时光恢复了身心，专门给宝贝丁丁立下专题，而我通篇只铭记了无限往复的字，那就是“爱，亲情，深深的爱……”

本文限于篇幅，只随机撷取其中一首。在这首诗中，年幼的孩子当然还不懂什么叫作季节更替。说下雨了，就要穿厚衣服，这来自孩子本身对平时下雨时的自然感受（冷）。

最后两行才是诗人的意图和隐喻，睫毛如雪，所有的母亲的睫毛都如雪花，那是她预存的冬天意象，一片洁白而又失去温度的意象，那该是怎样的一种情怀世界。“冬天　有雪花”是一句随口说出的诗句，后来发现它与诗歌的切合，并非刻意的雕琢。我们放缓一万步去理解，把它理解成单纯的亲子挚爱就已经足矣，有远景，有景深，有憧憬，有心满意足，这已经足够。也许未来中还有许多飘忽，但真实的现在只属于我们，我们尽情享受这上帝赐予的生命。

【结束语】

尽管生命有如长河，但并非都能流入心仪的世界；尽管我只是个普通读者，但诗歌让我们相识，是沁心的文字让陌生的我们走向融合。

生命如歌，而坎坷如诗，我们道不尽的分行都是行走的印痕，每一行都具有更新的高度。作为读者，读好我们遇到的每一首诗，其实就是间接完成了自己的内心写作。

期待蓉儿新作！

2017 年 9 月 4 日于大庆

后　记

窗外，夜色已深，我毫无睡意。

我沉溺于诗歌的包围。

这是我整理的第一本诗集，在著名诗人、儿童文学作家谭旭东老师的帮助下，在重庆赵兴中老师的鼓励下完成。在此我深表谢意！

诗歌对于我是一种情感的释放，并以此证实自己还活着。

在冬天，诗是一堆柴火，带给我温暖；夏季，诗歌是水，一遍一遍洗涤我的灵魂，让我活得那么悠然、坦荡，不惧怕厄运来临。

在诗中，只有在诗中，我才是最真实的自己！我才能把自己交给纯粹的时间。我才是自由的我。所以我写的每一个字，都不是玩笑，我是认真的。对文字，我充满敬意！

我将睡去，把诗留给夜晚，留给有幸读到这些章节的你！